BINK et gollie

Bink et gollie

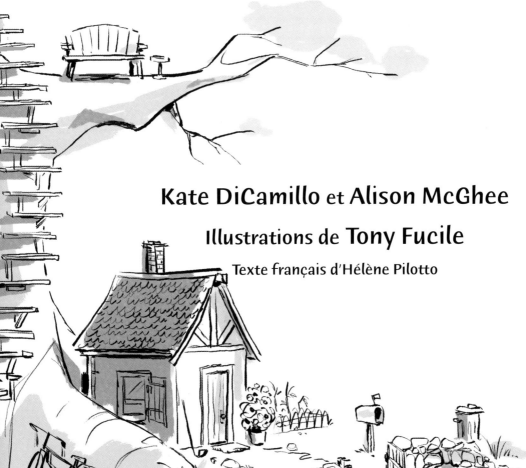

Kate DiCamillo et Alison McGhee

Illustrations de Tony Fucile

Texte français d'Hélène Pilotto

Catalogage avant publication de Bibliothèque et Archives Canada

DiCamillo, Kate

Bink et Gollie / Kate DiCamillo et Alison McGhee ;
illustrations de Tony Fucile ;
texte français d'Hélène Pilotto.

Traduction de: Bink & Gollie.
Pour les 4-8 ans.

ISBN 978-1-4431-0697-9

I. McGhee, Alison, 1960- II. Fucile, Tony
III. Pilotto, Hélène IV. Titre.

PZ23.D51Bi 2011   j813'.6   C2011-901342-8

Édition publiée par les Éditions Scholastic, 604, rue King Ouest, Toronto (Ontario) M5V 1E1,
avec la permission de Candlewick Press.

5 4 3 2 1   Imprimé en Chine CP139   11 12 13 14 15

Le texte a été composé avec la police de caractères Humana Sans.
Les illustrations ont été réalisées par ordinateur.

Pour Karla Marie Rydrych, ma très chère amie

K. D.

À Cindy Schultz Sykes, formidable complice de mes jeunes années

A. M.

Pour Karen et Nina

T. F.

Table des matières

Besoin

d'une

nouvelle

paire

de

chaussettes?

– Allô, Gollie! dit Bink.
Qu'est-ce qu'on fait
aujourd'hui?

– Bonjour ma chère, dit Gollie.
J'ai soif de vitesse...

—Allons faire du patin à roulettes!

Bonjour! Je viens pour les chaussettes.

— Allée dix, dit M. Éthier.
— Allée dix, dit Mme Éthier.

— D'accodac, dit Bink. Allée dix.

20

— C'est un méga-solde de chaussettes! s'exclame Bink.

— En effet, dit Gollie, un méga-solde de chaussettes aux couleurs extrêmement vives.

— Je prends celles-ci, déclare Bink.

— Bink, proteste Gollie, ces chaussettes m'aveuglent. Je te prie de ne pas les acheter.

— J'ai trop hâte de les porter, dit Bink. J'adore les chaussettes!

— Certaines chaussettes sont
plus adorables que d'autres,
fait remarquer Gollie.

— J'aime surtout celles de couleurs vives, précise Bink.

Ouf! Enfiler des chaussettes, ce n'est pas de tout repos. Ça ouvre l'appétit!

Peut-être que Gollie fait des crêpes…

— Salut, Gollie! dit Bink. Ça sent les crêpes, non?

— Pas du tout, répond Gollie.

— Mais ça sentira bientôt les crêpes, n'est-ce pas?

– Un compromis est peut-être envisageable, Bink, répond Gollie.

– C'est quoi un compromis? demande Bink.

– Fais travailler ta matière grise, Bink, dit Gollie. Si tu ôtes ces chaussettes scandaleuses, je fais des crêpes.

– L'ennui avec Gollie, ronchonne Bink, c'est qu'il faut toujours faire à sa façon.

Mes chaussettes et moi, on a choisi ma façon.

— L'ennui avec Bink, dit Gollie, c'est sa réticence à faire des compromis.

– Bonjour ma chère,
dit Gollie. Je mange des
crêpes. Et toi, que fais-tu?

– Je porte mes
chaussettes,
répond Bink.

— Je t'ai apporté la moitié de mes crêpes, dit Gollie.

— Et moi, j'ai ôté l'une de mes chaussettes scandaleuses, dit Bink. C'est un méga-compromis!

P.-S. :
De
retour
bientôt

— Je ne suis pas partie à l'aventure depuis fort longtemps, déclare Gollie. Je dois poursuivre mon exploration du vaste monde. Où pourrais-je aller?

En Tasmanie? À Tombouctou?
Mon doigt en a décidé.

— Je suis perplexe,
dit Bink. Les intéressés,
c'est moi, ça?

TOC!
TOC!
TOC !

— Je ne peux pas parler en
ce moment, lance Gollie.

— Pourquoi? demande Bink.

— Parce que je suis très haut, dans
l'air pur de la cordillère des Andes,
répond Gollie.

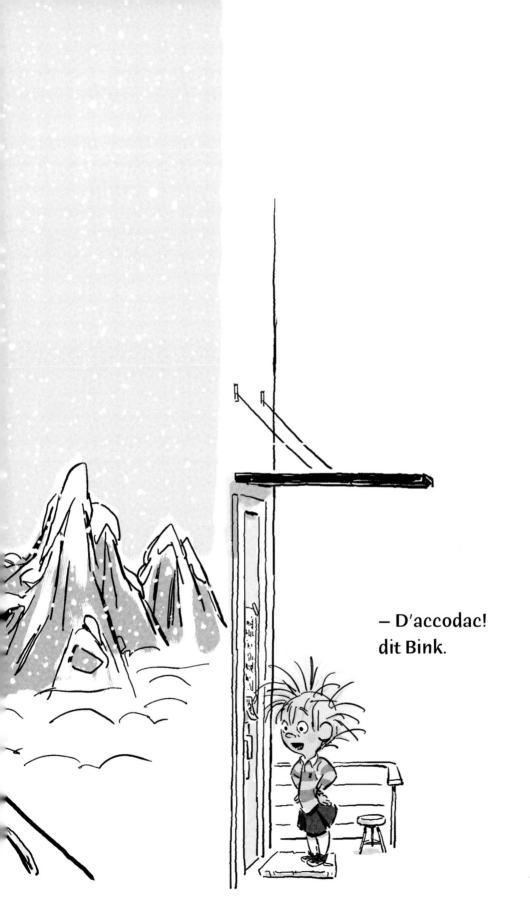

– D'accodac!
dit Bink.

Je me demande si Gollie est de retour...

Avis aux intéressés :
Je suis en voyage.
Je ne tolérerai plus **AUCUNE** interruption.

– Hum, fait Bink.

TOC!
TOC!
TOC !

— Bink, soupire Gollie, n'as-tu pas lu l'affiche?

— Je l'ai lue, répond Bink. Tu n'as pas faim?

— Pas du tout, répond Gollie.

— Même pas un peu? insiste Bink.

— Même pas un peu, répond Gollie.

– Même pas un
peu? répète Bink.

Je n'en crois pas
un mot.

**Bink,
je
t'implore
de ne
<u>PAS</u>
cogner.**

Qu'est-ce que ça veut dire « implore »?
se demande Bink.

**TOC!
TOC!
TOC !**

51

— Ça y est! lance Gollie. Je suis là où
peu de gens se sont aventurés avant moi.
Quel exploit extraordinaire!

Bink! Viens voir ça!

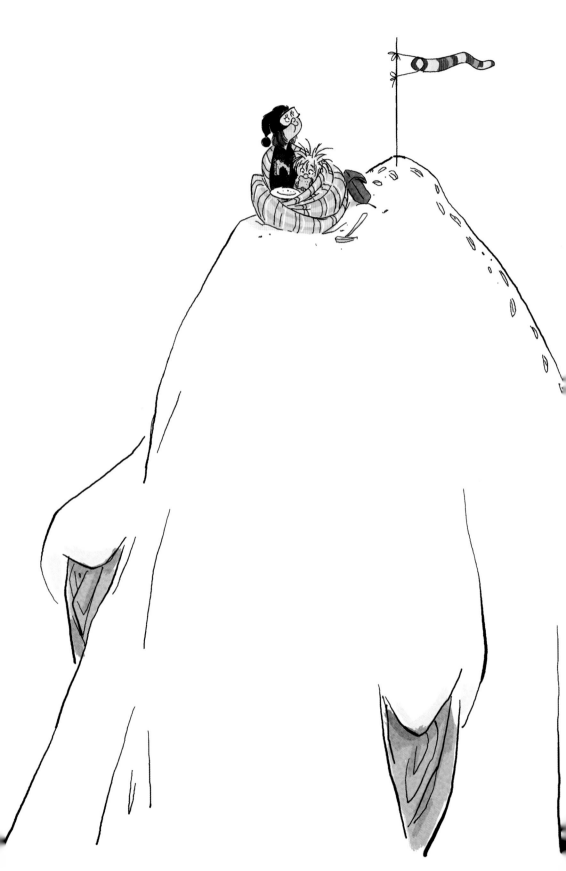

Adoptez

donc

un

poisson!

— Comme vous pouvez le constater, déclare M. Lapêche, mes poissons sont vraiment remarquables. Spectaculaires sur tous les plans. Ce sont des compagnons formidables, oui, formidables. Ils cherchent tous désespérément un foyer.

– Je prends celui-ci, décide Bink.

— Bink, dit Gollie, je dois te signaler que tu viens d'adopter un poisson formidablement ordinaire.

— Je l'adore, dit Bink.

— Par ailleurs, ajoute Gollie, ce poisson est incapable d'être un compagnon formidable.

— Je me demande comment il s'appelle, dit Bink.

– Bonjour ma chère, dit Gollie. Que dirais-tu de venir manger des crêpes en ma compagnie?

– Fred et moi, on s'en vient, répond Bink.

– Fred? répète Gollie.

– Oui, Fred, dit Bink.
Mon compagnon
formidable!

— J'ai des crêpes seulement pour deux, la prévient Gollie.

— Je vais partager avec Fred, dit Bink.

— Et j'ai seulement deux chaises, ajoute Gollie.

— Oh! Fred n'a pas besoin de chaise, dit Bink.

Au fait, ça te dirait d'aller voir *Les Mystères des profondeurs de la mer?*

— Est-ce que c'est ce film au sujet d'un poisson? demande Gollie.

— Oui, c'est ça! répond Bink. C'est bien ce film.

— Fred a trouvé que c'était un excellent film, déclare Bink.

— J'ai bien peur de ne pas être d'accord avec lui, répond Gollie.

— Fred vient d'avoir une bonne idée, continue Bink.

— Je redoute de savoir ce que c'est, dit Gollie.

— Fred veut faire du patin
à roulettes, annonce Bink.
Il a soif de vitesse.

— Les poissons ne peuvent pas
avoir soif, réplique Gollie.

– Certains poissons, oui, dit Bink.

– Hé! crie Bink.
Attends-nous,
Fred et moi!

N'aie pas peur, Fred.

Oh! non!

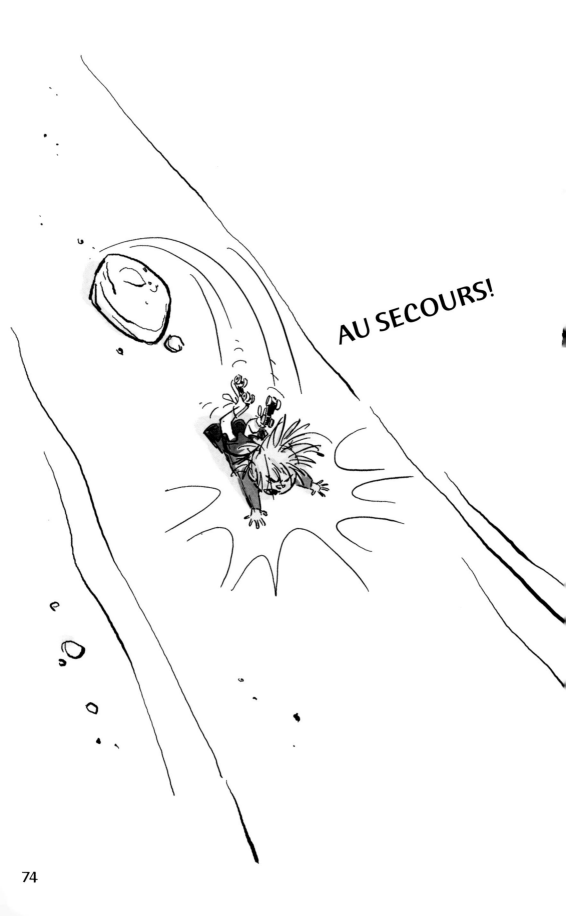

– Qu'est-ce que tu fais?
crie Bink.

— Reste ici, ordonne Gollie.

— Attends! proteste Bink.
Où vas-tu?

Hé! Rends-moi mon poisson!

Qu'est-ce que tu as fait
de Fred?

— Je lui ai sauvé la vie,
répond Gollie.

— Et comment Fred peut-il être mon compagnon
formidable s'il est dans l'étang? demande Bink.

— Tu n'auras qu'à lui rendre visite quand tu ressentiras
le besoin d'avoir un compagnon formidable, répond
Gollie.

— Toi, tu es jalouse
de Fred, déclare Bink.

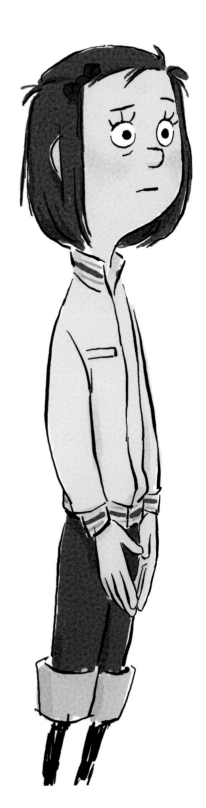

Fais donc travailler ta matière grise, Gollie.
Tu sais bien que tu es la compagne
la plus formidable de toutes.

– Vraiment?
dit Gollie.

– Vraiment, affirme Bink.

Six mois plus tard...